FERNANDA YOUNG

CHATICES DO AMOR

3ª edição

EDITORA RECORD
RIO DE JANEIRO • SÃO PAULO
2025

CIP-BRASIL. CATALOGAÇÃO NA PUBLICAÇÃO SINDICATO NACIONAL DOS EDITORES DE LIVROS, RJ

Y68c

Young, Fernanda
Chatices do Amor / Fernanda Young ; prefácio Eugênia Ribas-Vieira ; posfácio Maria Ribeiro. - 3. ed. - Rio de Janeiro : Record, 2025.

ISBN 978-85-01-92272-4

1. Romance brasileiro. I. Ribas-Vieira, Eugênia. II. Ribeiro, Maria. III. Título.

24-93808 CDD: 869.3 24-93808
CDU: 82-31(81)

Meri Gleice Rodrigues de Souza - Bibliotecária - CRB-7/6439

Capa e miolo: Giovanna Cianelli

Texto revisado segundo o Acordo Ortográfico da Língua Portuguesa de 1990.

Direitos desta edição adquiridos pela
Editora Record LTDA.
Rua Argentina, 171 — Rio de Janeiro, RJ
20921-380 — Tel.: (21) 2585-2000.

Impresso no Brasil

ISBN 978-85-01-92272-4

CHATICES DO AMOR

SUMÁRIO

O DOM DO AMOR

Eugênia Ribas-Vieira

Fernanda Young amava a vida. E, quando digo que amava a vida, não quero dizer que amava assim como todos nós. Eu nunca conheci uma pessoa que amasse tanto a vida quanto ela. Em todos os seus detalhes, em suas sutilezas, em suas obscuridades. Amava a vida em suas narrativas, das mais longas às mais curtas. Amava um romance de mais de quinhentas páginas, um filme de três horas. E amava a história de um taxista, numa viagem que a levava de Congonhas a Higienópolis. Amava um chocolate quente, um cachorro perdido na rua.

Amava também as peripécias narrativas. Sempre procurava, num simples dia rotineiro, o ponto em que tudo se transformava e em que surgia uma nova ideia, uma nova paixão, um novo cabelo, uma nova roupa. Fernanda Young era a artista do tempo, das dimensões não vistas, não habitadas, dos segundos e de suas multiplicidades. O tempo dela era quando tudo tinha que valer a pena.

A lembrança de Fernanda — uma foto, uma gargalhada no áudio — me faz pensar na sorte que tive de conhecer uma pessoa assim, que me fez entender o que é o amor à vida. Quando ela faleceu, passei por um medo absoluto de perder esse amor. Essa ideia do amor. Essa sabedoria do amor. Mas entendi, nesses cinco anos de luto, que amor é esse sentimento que a morte não leva. Que a morte não modifica. O amor fica, para os tempos. E, se me lembro agora de Fernanda Young, nutro-me não apenas de um amor por ela, mas de um amor incondicional, irrestrito, a esse tempo de viver.

* * *

Este livro foi concebido a partir de três livros de Fernanda Young. Três projetos soltos, nunca publicados. Recortados, repensados e retrabalhados pela autora. Sim. Sempre.

Fernanda Young era uma autora de idas e vindas. Sua escrita, randômica, trafegava sobre vários projetos ao mesmo tempo. E um projeto surgia a partir de outro. Às vezes inconclusos, aguardavam ansiosamente o retorno de sua autora. E eu também, na época como sua editora.

Quando conheci Fernanda Young, em 2007, mais ou menos, ela estava escrevendo cinco livros. Um deles é *O piano está aberto*, o primeiro deste volume. Um livro sobre amor e sobre depressão. Fernanda queria falar de uma protagonista silenciosa, que, por meio da música, permitia-se deprimir. Sempre que o piano estava aberto, todos da casa já sabiam o que estava havendo.

O segundo texto deste livro trata-se de um recorte dos seus últimos escritos. Durante os dois anos finais de sua vida, Fernanda Young retornou a uma analista que a tinha atendido durante boa parte da vida. A analista lhe pediu que se comprometesse a escrever; só poderia retornar à sessão de análise com algum novo escrito. Surgiu daí *O livro: o mistério do sofrimento*, que seria sua última obra. O mais interessante é que Fernanda Young me escreveu por WhatsApp: "*O livro* será meu último livro publicado."

Chatices do amor foi um livro anterior da escritora, de poesias, do qual tiramos o título deste conjunto de textos. A maioria de seus poemas e contos curtos foram publicados nos livros *A mão esquerda de Vênus* e *Estragos* (ambos publicados pela Editora Globo, em 2016). Nós nunca tínhamos usado o título, e ele chamou a atenção da editora Livia Vianna, da Editora Record. Por isso fizemos essa opção pelo nome.

Na verdade, este sempre foi o tema fundamental da obra de Fernanda Young: o amor — principalmente — e suas chatices — suas derivações, menores, talvez, do que o próprio amor, mas capazes de atrapalhá-lo, de destruí-lo, por vezes.

Muito melhor seria se Fernanda estivesse por aqui para debater com seus leitores e leitoras essas frases tão impactantes. Não estou aqui para responder por ela. Apenas, com autorização de sua família, segui seu desejo de ser lida — de ter suas palavras publicadas e honradas.

Que o leitor e a leitora de Fernanda Young sintam aqui, neste livro, sua força, sua criatividade, seu humor, sua perspicácia, sua liberdade e sua coragem moral e ética — sentimentos que tanto nos faltam nos dias de hoje.

Obrigada, Fernanda Young! Eu só poderia terminar este texto agradecendo por ter sido sua editora e agente literária.

Agosto de 2024

O PIANO ESTÁ ABERTO

Este livro é para os meus filhos,
que, mesmo ainda crianças,
souberam compreender as
minhas opções e me apoiaram.

"Era inútil, sentiu, jamais poderia dizer a palavra libertadora que ardia dentro dela consumindo a sua paz. O aviso era como um trovão próximo, mas ela sabia que não havia como fugir. E secretamente ansiava por aquilo que até então temera tanto, o raio salvador: ser descoberta."

Medo, Stefan Zweig

"É sempre bom lembrar,
Guardar de cor
Que o ar vazio de um rosto sombrio
Está cheio de dor."

Copo vazio, Gilberto Gil

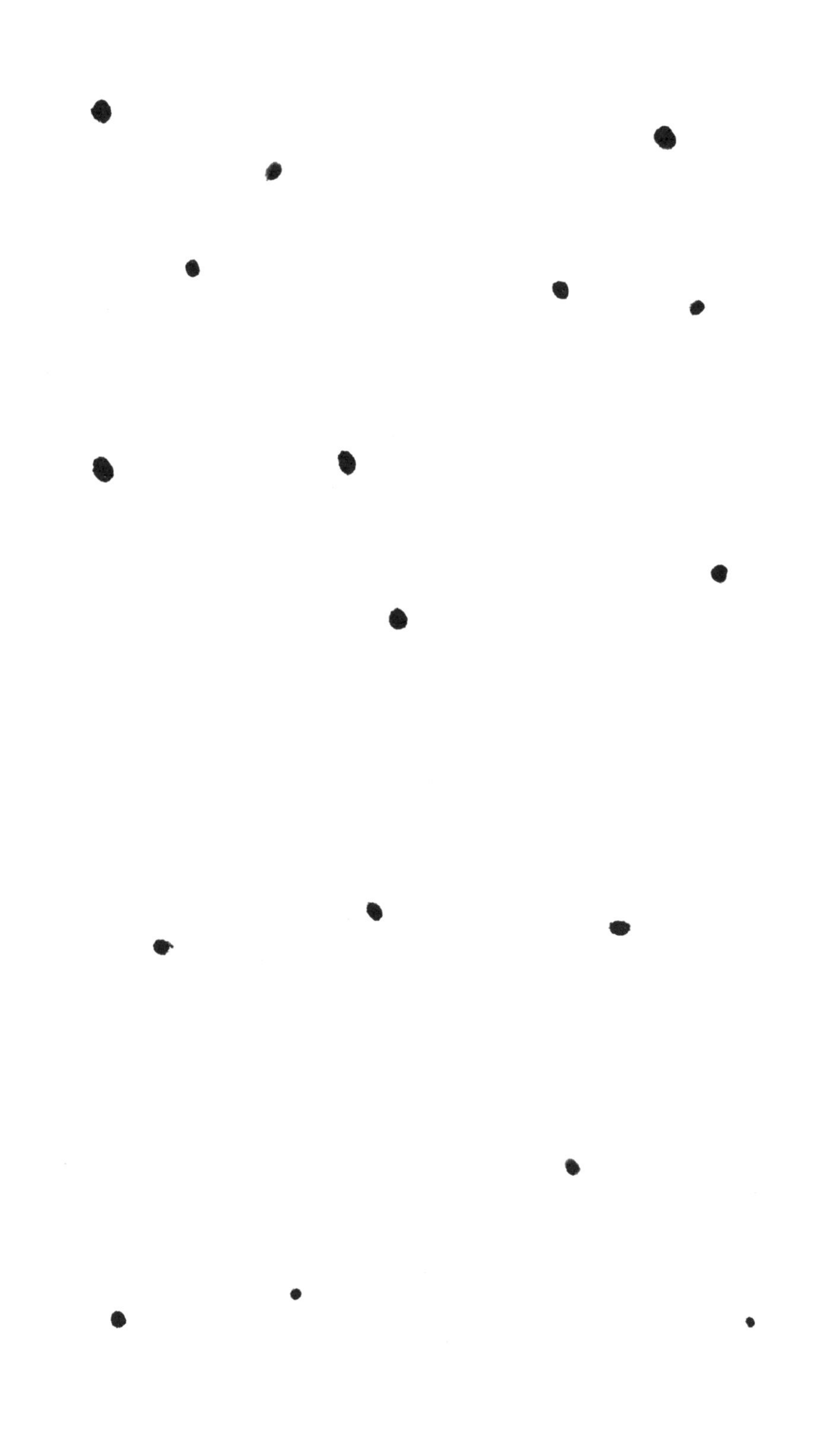

CAPÍTULO 1

ANNA

Ele não esperou ela sair do banheiro. Abriu a porta, que não estava trancada à chave, surpreendendo-a de touca de banho, coisa que a aborreceu, pois não acha elegante a imagem de uma mulher com os longos cabelos abafados num saco plástico, ainda mais nessas toucas de hotel; ele não notou nada de patético na cena, apenas anunciou:

— Fiz uma coisa horrível — gaguejante e com os olhos azuis apertados num vermelho de total desespero, ele meteu-se dentro do aposento mínimo e esfumaçado. — Uma coisa horrível...

Pela intimidade que partilham, ela logo imaginou algo bastante sério, pois não é do feitio dele esse tipo de exasperação, imaginando o pior: a mulher dele ficou sabendo da viagem! Foram descobertos. E ainda: ele mandou por e-mail, sem querer, as fotos que acabara de fazer dela — após terem transado — na contraluz do belo entardecer que fazia lá fora. Quando Anna ia tomar uma ducha, era o que ele fazia, passar as fotos para o computador. Esse hábito é comum, pois eles nunca deixam na câmera essas provas, e por todo esse tempo. Ele ama fotografar, mesmo que seja apenas um *hobby*, e ela ama ser fotografada, mesmo que tente disfarçar a sua genuína timidez e que não saiba bem como se comportar com o seu corpo e tudo o mais. Atriz que é, dotada de um grande talento para ser mais bela, mais forte, mais inteligente, mais qualquer coisa, contanto que num outro papel que não o seu, sente-se desajeitada e tola quando está ao lado de quem tão bem a conhece. Como é o caso dele, já que estão há nove anos nesse "relacionamento clandestino", termo que não suporta, mas que reconhece que é o cabível. E, exatamente pela clandestinidade da relação, a coisa mais horrível que poderia acontecer, depois de muitos anos temendo esse desfecho, seria ser descoberta pela família dele. Muito mais pelo temor de causar qualquer mal-estar para pessoas que pouco conhece do que pelo flagra moral que sofreria. Por isso, o "algo horrível" que ele anunciou foi imediatamente interpretado como: "Ele mandou, sem querer, as minhas fotos para a mulher." Sentiu-se imunda. Mas antes que ela falasse algo, ele se pronunciou:

— Eu mexi no seu celular! — As palavras de pânico não deixaram dúvida, ele tinha lido as mensagens trocadas com outro, um com quem havia terminado havia pouco. Mas com quem ainda trocava algumas mensagens, pois o tal outro insistia em dizer que ainda a amava. Mesmo assim, flagrada, sentiu-se aliviada.

— Meu Deus! Que susto! Pensei que tivessem nos descoberto! Sei lá... Sua mulher, seus filhos. — Tirou a touca e se enrolou na toalha.

— Você foi descoberta! Como teve coragem? Você trocou mensagens com ele no aeroporto, antes de vir para cá! Como você pôde ser tão fria? Eu sempre soube! — Descontrolado, mas intuitivo, rapidamente começou a fazer ligações entre fatos. Sinapses tão ágeis que só uma pessoa traída consegue fazer.

— Calma. Eu... — Sentiu vergonha de dizer o resto. — Eu posso explicar!

— Explicar?

— Eu não tenho mais nada com ele... Eu... Eu te amo.

Anna o abraça, ele a empurra. Então o pior realmente acontece: ele começa a chorar. Senta-se na beira da cama desfeita pelo sexo, vestido apenas com uma cueca larga e íntima, e começa a chorar. Um choro da intensidade de uma tempestade depois de uma longa seca, daquelas chuvas barulhentas que fazem todos comentarem: "O mundo agora acaba!" Nunca André havia chorado dessa forma diante de Anna; ela já o tinha visto, quando muito, lacrimejar. E acha estranha a maneira como ele chora, sente uma certa vontade de bater nele; ele produz uns ruídos que fazem com que ela tenha ímpetos agressivos, suicidas. Sim, ela poderia se tacar da janela, se tivesse plena certeza de que não morreria, talvez ficasse meio estropiada. E agora isso seria menos tenebroso do que ver André nesse estado.

— Por favor, não...

— Não o quê, caralho? Você estava trocando mensagens com ele enquanto vinha ao meu encontro, você estava falando com ele!

Ela tenta se lembrar do que falavam. Fica constrangida, mensagens de textos são mesmo patéticas, e lembra que tinha dito algo sobre a comunhão entre eles, uma comunhão de corpo e arte. Mentira deslavada, pois nem o corpo nem a arte dela tinham sido nutridos por aquele outro, com quem havia trocado mensagens no aeroporto. *Que ódio!*, pensa, *aquele cretino consegue estar presente agora, destruindo o que tanto quis, encontrar André*. É que foi tudo tão rápido! O outro, que se chama Daniel, ainda poderia parecer interessante, se ela não amasse tanto esse, André. E, de uma maneira infantil, burra e mau-caráter, Anna tinha acreditado que o ideal era manter o outro, Daniel, cozinhando em banho-maria, enquanto ia para Paris encontrar com esse, esse André, o único André no mundo que ama, e há muito. A pessoa cujo cheiro reconheceria em meio a um milhão de outros corpos, de olhos vendados, sem usar nenhum outro sentido, pararia diante desse e diria: "É ele." O corpo dela dói ao detectar o absurdo da situação. A situação que parecia ser a mais incrível história que um dia viria a contar para uma neta: "Vovó teve um grande amor na vida, e um dia foi encontrá-lo em Paris, para passar apenas dois dias, depois de sete meses de espera e dúvida." Mas Anna tem um filho doente, e sabe que provavelmente nem terá essa neta hipotética, e, agora, destruídas as intenções dos dois dias perfeitos em Paris, caso ela viesse a existir, escutaria de vovó: "Vovó teve um grande amor na vida, e um dia foi encontrá-lo em Paris, para passar apenas duas noites (ele logo partirá, assim que amanhecer) e, no segundo dia, ele a flagrou sendo... sendo..." O que ela estava sendo enquanto trocava mensagens com o outro, ao mesmo tempo que queria esse, esse que tinha comprado a passagem dela, para se reencontrarem, em local neutro e distante, depois de uma longa ausência? E o detalhe das passagens, nesse instante, para Anna, é de um constrangimento ímpar — ele as comprou, fez a reserva no hotel que ela escolheu, e que agora abriga tanta dor e tanto ridículo.

— Você quer que eu saia daqui?

É noite. Para onde ela iria? Bom, ela iria se virar, é certo. No entanto, se ele disser que sim, Anna sabe que, mesmo tendo meios de se virar, provavelmente o absurdo de arrastar uma mala por Paris, atrás de um hotel que a hospedasse sem reserva, a deixaria bem pior do que já está. E André não é esse tipo de homem, aquele que piora o que já está horrível. Pelo menos por enquanto, ele não parece estar disposto a dar peso ao drama. A noite ainda mal começou, essa noite de março, em Paris, quando ela jurava que dormiria abraçada nele, como costumam sonhar os amantes.

— Não. Eu só quero entender como você vem me encontrar e ao mesmo tempo diz coisas afetivas para esse idiota!

— Isso! Ele é apenas um idiota!

— É muito escroto! Por que você mentiu para mim?

— Quando? Quando eu menti para você?

— Quando eu te perguntei se você estava saindo com alguém!

— Mas eu não tinha a menor obrigação de dizer que sim! A gente não estava mais junto! E eu estava tentando fugir de você, da gente...

— Mas então por que você sempre me procurava?

— Porque eu não consegui te esquecer. E eu queria te esquecer! Porque é um absurdo esse amor, e eu achei que Deus tinha me dado uma chance! A gente brigou, e depois eu conheci essa pessoa, eu... Eu tentei...

— Para com essa mania de falar de Deus! Deus não tem nada a ver com o seu mau-caratismo!

— Mau-caratismo? André!, eu te conheci com vinte e sete anos, eu estou há nove anos amando um homem que roubou todos os meus sonhos mais singelos e femininos! — Anna começa a chorar, mas ela sabe chorar em público, e o faz da maneira mais linda possível, mesmo que não seja falsa.

— Você fala como se eu tivesse te roubado! Você que quis! Você que me procurou, você me assediou sabendo que eu era casado! Você me quis!

— E eu ainda quero! O que não me tira o direito de ter tentado fugir! Porque você não é somente casado, você é culpado e você não pode nada, nada comigo, e mesmo assim eu quero o pouco que você dá!

Anna chora mais intensamente, e a sua técnica de manter a beleza mesmo no desespero começa a falhar. André não chora, mas tem a cara inchada, parece mais judeu do que nunca, com o nariz maior e vermelho. Ele fica um pouco assustado com a cena, tenta acalmá-la tocando seu cabelo. O cabelo de Anna está lindo, solto, e ela nunca o usa solto, caindo pesado nas costas encurvadas pela dor da situação. Esse toque a incentiva a falar, como se fosse a sua deixa no teatro. Ela sabe que é a sua chance de conquistar o afeto do público, no caso, ele e ela, os únicos que assistem ao triste espetáculo. E ela tenta se convencer do que diz.

— Eu nunca quis te roubar de ninguém, mas eu achava... André, eu achava que você iria decidir por mim, eu era tão jovem... E, mesmo querendo tudo com você, a primeira coisa que eu fiz foi meter no meu útero algo que me impedisse de ter um filho seu. Eu estou seca, estéril, porque você não teve a coragem de ficar comigo! E eu não tive a coragem de ser baixa e te roubar. Nós não somos bons nem civilizados, nós somos uns merdas! Você pode dizer que eu quis! Pode! Fui eu que quis isso! E quando eu engravidei de você, e você sabe, você sabe muito bem que foi sem querer, porque o DIU falhou, eu tirei esse bebê. Eu tirei um filho nosso, mesmo sabendo que provavelmente seria uma chance única de ser mãe de novo!... E... E... não tive... — Anna não usa mais nenhuma técnica para chorar com elegância e beleza, secreções jorram de seu belo nariz, a sua pele é tomada por erupções vermelhas como escarlatina, seu cabelo agora está espigado, seus olhos são as únicas coisas que ficaram mais bonitas, pois quando chora eles ficam mais verdes, de um verde meio cinza, meio azul.

— Mas você sempre soube que eu era casado, e que não iria me separar! Eu nunca te enganei ou menti. Essa sempre foi a gênese da nossa história!

— Para de usar essa porra dessa "gênese"! Você nem sequer sabe o que é gênese! Você não sabe quem é Deus! Você é abstrato nesse seu judaísmo de merda! De quem não acredita em rabino, mas acredita em pecado! Na verdade, você não acredita em nada que não seja a depressão de Glória!

Antes você tivesse aceitado Jesus como Messias... — Anna está confusa, mas ele entende o que ela tenta dizer, falando toda essa merda. — Você quer a gênese? Eu te dou! — Ela sobe em cima da cama. Em meio à confusão, tudo o que conseguiu vestir foi uma camiseta dele. Se está bonita, essa não foi a intenção. Agora, está apenas desesperada. — "No princípio, Deus criou o céu e a terra. A terra estava informe e vazia; as trevas cobriam o abismo e o Espírito de Deus pairava sobre as águas", então, André, Deus, o Deus no qual você não acredita, mesmo citando a gênese para justificar o nosso fracasso, disse: "Faça-se a luz!", e a luz, a merda da luz, foi feita, e Deus, o meu Deus, achou a luz boa, e separou a luz das trevas e criou a noite e o dia... E eu estou há quantas noites e dias esperando você querer ficar comigo?

Anna desce da cama e chora, agora sim, de maneira deplorável, pouco se importa com qualquer conduta, poderia vomitar, cagar, urinar, convulsionar; sabe que há um cálculo de luz e trevas no qual habita desde que aguarda que André a queira totalmente, e que esse cômputo não é preciso, e anuncia: Você perdeu o jogo! Mesmo se fizesse, com a ajuda de uma máquina calculadora, a equação desses nove anos de luz e treva, o resultado seria impreciso, pois o tempo é uma invenção de Deus — muito mal utilizada pelo Homem — que convenceu muitos, mas não esses dois, pois eles bem sabem que se foderam. O tempo os fodeu. Fodeu mais ela — afinal, o tempo dela é o tempo feminino, de um relógio biológico que perde por mês um único óvulo, que não será ressarcido por nenhum juro que ele tente pagar. Enquanto um espermatozoide não tem mais do que três meses de vida e é produzido para sempre no corpo simples de um homem, o desenvolvimento de um óvulo é muito mais complexo. A mulher produz o seu primeiro esboço de óvulo quatro meses antes de nascer. Na primeira menstruação, uma menina possui mais ou menos trezentos mil óvulos imaturos já formados em seu corpo. Óvulos que vão se degenerar, e estarão reduzidos a mais ou menos quarenta mil quando alcançar a puberdade, dos quais somente quatrocentos se tornarão óvulos maduros, que serão expulsos dos ovários no momento da ovulação. Não é como qualquer esporro, que jorra milhares de espermatozoides. Quanto mais tempo os óvulos ficam armazenados, mais eles se tornam ineficientes, e por isso, após os trinta e cinco anos, não são recomendados para uma gestação fértil, pois apodreceram. Uma vez por mês, no meio do ciclo menstrual — ciclo que Anna excluiu em nome do amor e de uma honestidade maníaca —, apenas um óvulo seria liberado pelo ovário para seguir uma longa e sofisticada viagem pelo corpo dela; para que em uma noite como essa, em Paris, mesmo com trinta e seis anos, tendo gerado uma criança doente, abortado outra, porém sendo a mulher saudável que é, ela e ele pudessem comungar em perfeita posição dos astros, tudo feito de casualidades, urros, secreções, poses inimagináveis e até ridículas, dando origem à vida de um novo ser humano. Ou seja, nesse exato momento, quando ainda há esperma dentro da cavidade vaginal de uma Anna com trinta e seis anos, qualquer ciclo provável, nesse jogo de coincidência ou não, destino ou não, reencarnação, carma ou não, não fará com que esse minúsculo pontinho, visível apenas por microscópio e olhos estudados, que pesa um milionésimo de grama e mesmo assim pode ser considerado enorme em comparação com as outras células humanas, possa ser fertilizado. Mas se — e esse *se* aqui é triste demais — pudesse ser fertilizado, teria o seu peso multiplicado dois bilhões de vezes com o desenvolvimento de uma vida durante os míseros nove meses de gravidez. Os mesmos míseros nove meses que geraram Mozart, Freud, Amy Winehouse, Anna e André. Só que Anna, após o aborto, tinha recolocado o DIU.

Agora, sentada numa poltrona de couro negra, Anna não tem uma calculadora à mão, mas o seu corpo belo passou três mil duzentos e oitenta e cinco dias amando esse homem, e está com ódio de ter sido flagrada em sua estupidez e de perder a razão que possui — a de ter sido lúcida a ponto de tentar escapar de André e do seu contrato frouxo, feito na tal "gênese", que descreve aquilo a que não tem direito desde o início:

1. Sonhar.
1.1. Querer.
1.2. Aguardar.

Não pode sonhar com o que há de mais legítimo em sua inferior condição de fêmea: ter filhos; não pode querer nada, já que sempre soube das regras do jogo — aquilo que André chama de "gênese" –; não pode aguardar, porque nada foi prometido, ao contrário, desde a "gênese", ou seja, do início, André anuncia: "Jamais deixarei Glória."

Esse decreto feito de forma honesta e de inegável hombridade, Anna o aceitou e ainda luta por ele. Todo o seu corpo dói, como se tivesse andado durante horas em neve fofa.

CAPÍTULO 2

GLÓRIA

Ele odeia cada detalhe do processo. Todos os clichês óbvios da loucura o fazem sentir-se parte de um livro ruim. No início, muitos anos atrás, conseguia vê-los numa perspectiva atraente; a trama macabra tinha contornos mais cinematográficos. Sentia-se atraído por esse tipo de destino: o de ser o marido de uma louca e criativa mulher. Ridículo, detecta. Nada poderia ser mais pretensioso do que tentar igualar-se a Leonard Wolf, ou a Scott Fitzgerald, dois pobres miseráveis, consumidos pela trabalheira inglória de cuidar de suas respectivas "dementes mentais". Onde estava com a cabeça quando a pediu em casamento? Na Paris da era do jazz? Na Londres vitoriana? Não, estava no Brasil, em São Paulo, na década de oitenta. Nada menos charmoso. Mas, a bem da verdade, quando começaram a namorar, e depois, quando se casaram, ela não era doida. Ou não doida como ficou. Foram necessários alguns anos para que as suas esquisitices ficassem mais intensas e outros mais para que ela começasse a tocar piano. As tais esquisitices foram — a princípio — sedutoras, um certo olhar circulante, as mãos trêmulas com as unhas roídas, um riso nervoso e aleatório, que nunca parecia adequado. É certo que ela sempre teve os sentidos bem apurados. Algo que alguns classificam como intuição, ou mesmo — para os mais empolgados — mediunidade; mas ele logo percebeu que essa sensibilidade abstrata era mais do que um dom feminino, eram sensores ultrassensíveis, antenas sofisticadíssimas que captavam interferências de todas as ordens: mudanças climáticas, gripes vindouras, rompimentos, traições. Ele era vítima ou agraciado, dependendo da ocasião, por vários dos seus presságios.

Glória também sempre foi irascível. Talvez o irritado seja um candidato à desconstrução da realidade, já que ele não a tolera. Por exemplo, ela era uma tenaz observadora das gargalhadas. Mesmo que não notasse nada de errado nas suas. Algumas risadas masculinas ela chamava de "pipocas estrondosas". Dessas, especificamente, ela dizia ter compaixão. Mas não suportava risadas "socos voadores", risinhos "gaivotas incomodadas", sorrisos "dentadura de plástico" e, ainda, o "riso soco" ou as "gargalhadas do cu". Já nas mulheres, os tipos eram descritos como "relincho de galinha", "gargalhada de almoço", "ri-ri-ri de bunda". Esse tipo de humor ácido fez com que André se apaixonasse logo que a conheceu. E também havia nela uma esperança, que poderia se assemelhar a tolice, se não fosse justamente esse azedume que rompe qualquer ligação com a pieguice. Ela disse para André aos dezenove anos, na noite em que se conheceram, em um bar na rua Augusta:

— Não posso me comprometer com nada. Não vou prestar vestibular. Nem sei o que quero ser. Só sei que irei em breve para Londres. Meus pais disseram que não vão me ajudar. Mas eu vou! E em breve...

Esse "em breve" durou dois anos. Dois anos em que Glória e André namoraram como se não estivessem namorando. Dois anos em que ele se deixou levar pelo encantamento dela, admitindo aquela liberdade de quem não se diz namorada de ninguém. Ele permitiu-se viver nesse tempo do nada, não eram nada. Viviam juntos, mas não usavam nenhuma definição para o que viviam. Quando, enfim, Glória foi para Londres. Despediram-se com algumas lágrimas, mas o instinto *hippie* que ainda vigorava na época era: deixar rolar. Por isso não fizeram juras de amor, de fidelidade ou de um futuro retorno. Não cairia bem. Entretanto, ele esperou que ela voltasse, assim como esperava as cartas dela, que não chegavam tão amiúde como gostaria. Glória tinha que dar duro, fazia todo tipo de serviço, e não conseguia manter o ritmo das cartas de André, que lhe escrevia quase que diariamente. Ela adorava receber essas cartas e pedia para que ele não desistisse de escrever, mesmo quando ela ficava semanas sem dar notícias. Passados seis meses, ele sinalizou a vontade de visitá-la, ela não respondeu. Um mês depois, bem antes do previsto, Glória voltou para São Paulo. E voltou grávida.

Sentada num boteco, com os cabelos curtos — influência de sua estadia na Europa —, virou-se para André e disse:

— Andrew, você não imagina como eu queria te ver! O quanto pensei em você. Sei que te amo! Sei que você merece mais do que o meu amor. Sou uma aposta perdida. Mas gostaria que você ficasse comigo.

André, apesar de não ter gostado de ser chamado de Andrew, com o sotaque inglês forçado de Glória, respondeu animado e tremendo:

— Eu fico com você! Eu quero você! Te amo tanto!

— ...Mas... Estou grávida.

Como? Ele pensou, e preferiu se concentrar em tentar arrancar o rótulo de papel da cerveja à sua frente.

— Você ouviu?

— Hum-hum... E... O que você pensa em fazer?... Estou chocado... Eu sei que combinamos que seríamos livres, também tive uns encontros... Mas grávida?

— Foi uma única transa. Não significou nada. Tínhamos tomado um ácido, foi bacana. Me senti livre. Sabia o que estava fazendo. Foi bom e mais nada...

A cor dele estava esverdeada de tão pálida. Virou um copo de cerveja num só gole. Fez sinal para o garçom, pediu mais uma. Sentia vontade de quebrar tudo, mas essa não seria uma atitude condizente. Ele queria ser Jim ou Jules, e não um personagem agressivo, sul-americano. Ela continuou:

— Não peço que você o assuma. Não peço nada, mas você pode continuar sendo o meu namorado? O meu amor? O meu Andrew?

O cabelo de Glória, ruivo, era um farol no meio da Augusta. Ela vestia um minivestido azul e calçava botas pretas. A sua gravidez era uma indecência de linda. Ainda hoje, quando André se lembra daquele dia, sente uma tristeza que coleciona como a mais bela no seu baú de memórias masoquistas.

"Me lembro perfeitamente daquele dia, acho que qualquer um se lembraria. Não é porque sou um sujeito com boa memória, o que de fato sou, mas a questão era toda a situação. Foi inesquecível. Caso eu não tivesse decidido continuar com Glória, não me esqueceria mesmo assim. Posso sentir o tecido sintético do seu vestido azul-cobalto. Ok, sei que parece um recurso poético dizer a cor exata do azul que ela vestia, mas era azul-cobalto. Pintamos a nossa casa desse azul, alguns anos mais tarde. E ambos recordávamos daquele vestido que ela usava, naquela tarde na rua Augusta", André descreveu para Anna, como se ela fosse uma psicanalista, porque nunca a enxergou como alguém a quem ele devesse poupar.

Nessa época, quando André aceitou ficar com Glória e assumir a criança que ela esperava, apesar de terem combinado contar a verdade assim que ela fosse grande o bastante para entender; Glória não tocava piano.

"Na verdade, nunca a vi tocar mais do que um breve dedilhar de músicas óbvias, coisa que qualquer um tocaria, se tivesse estudado por alguns anos. O que era o seu caso. O objeto piano, para Glória, nunca foi mais do que uma coisa decorativa em nossa casa. Havia uma ligação levemente afetiva — o instrumento tinha sido de sua mãe, que tocava mediocremente, como a maioria das mulheres de sua geração. E Glória o herdou, justo por ter sido a única entre os seus irmãos que havia estudado, e ponto. Era isso. Só isso."

CAPÍTULO 3

ANNA

— Você ficou esses meses todos me mandando mensagens, me ligando, dizendo que me amava, que não conseguia me esquecer. Eu tentava te encontrar, e sempre que conseguia você estava distante. Nas vezes que tentei te tocar, transar com você, você saía com evasivas. Porque você estava com ele! Agora eu estou entendendo tudo, quer ver? Eu tenho todas as mensagens aqui! Todas as datas...

— O tempo que estive com alguém não te diz respeito! Nós não estávamos mais juntos!

— Mas você me mandava mensagens e dizia que me amava!

— E eu amava! Eu amo!

— Ama porra nenhuma! Você é uma psicopata, manipuladora! Você estava com o outro, mas não queria me perder! Me usou, e eu fiquei feito um louco, como eu sofri... Fiquei um trapo! Nunca sofri tanto na minha vida.

André mexe no celular com uma rapidez alucinada, lê alguns fragmentos de mensagem, revê datas, faz cálculos, pragueja, não consegue levantar os olhos do aparelho, não percebe que Anna se veste para ir embora.

— Olha aqui, essa é de novembro! Você diz que me ama e que quer me encontrar, eu concordo, depois você diz que é melhor não, pois está tomando um remédio e não pode beber! — Indignado. — Quanto cinismo! Você é mesmo uma grande atriz! Eu não devia ter deixado esse detalhe passar, o grande detalhe de que você é uma incrível atriz!

— Eu vou embora!

— Estou chocado! Olha essa mensagem... “André, te amo e quero...”

— Eu vou! Não posso ficar dentro desse quarto, vou enlouquecer! Você está acabando comigo! É melhor me matar de vez do que dessa forma! Não vou ficar aqui, com você olhando para esse celular e fazendo esse cálculo maligno, me transformando numa escrota!

— Anna, você foi escrota! Manipuladora!

— Manipuladora? Eu? Se eu fosse manipuladora eu estaria casada com você! Eu nunca fiz nada de escroto com você! Tentei me livrar desse amor, que é pouco, porque posso muito mais!

— Pouco? O que temos é pouco?

— É. São nove anos! Quantas vezes viajamos? Três. Três vezes! Por que é que eu tenho que me submeter a isso?

— Nós temos muito, a gente se vê toda semana, a gente se fala várias vezes por dia...

— Você divide a cama com outra mulher!

— Mas não tenho nada com ela. Eu fui fiel a você!

— Eu também fui fiel a você! Eu conheci esse cara depois que nós brigamos, em agosto, e eu tentei fugir de você. Fugir de ter essa vida de amante da década de cinquenta, tentei deixar de ser essa personagem rodriguiana, de ser o seu bônus trabalhista...

— Você está louca! Você sabe que eu te amo! Que sou seu!

— Meu o cacete! Sou seu bônus, sou o seu décimo terceiro! Você trabalha feito louco para sustentar a sua família, tem que lidar com a doença de sua mulher e merece essa vida dupla com uma mulher asseada e fiel. Mas quando brigamos em agosto e você disse que eu era uma merda!...

— Você sabe que eu não queria dizer aquilo, mas você me enlouquece...

— Eu te enlouqueço porque digo que você tem essa entidade, esse "exu reizinho". — André ri, não consegue se conter diante dos apelidos que Anna cria para ele. — Não ria! Estou falando sério! Você é um homem de cinquenta e cinco anos e se exaure nessa condição de pai de todo mundo. Você não é o pai de Glória e, infelizmente, não é o meu pai! Naquele dia em que brigamos, em agosto, ou seja, há sete meses, eu prometi que não ia mais voltar para você! A gente tinha marcado de sair e você me deu um cano, disse que era Dia dos Pais, mas seus filhos estavam fora, e você disse: "Eu sou o pai de todos." Eu te mandei uma mensagem: "Você não é o pai de uma burra velha de cinquenta anos!", e então você disse que eu era uma merda... E eu não vou admitir que ninguém mais me chame de merda nessa vida.

— Eu sei, eu fui grosso.

— Você sabe que minha mãe dizia que eu era uma merda quando ela ficava bêbada! E você preferiu me agredir a reconhecer que você não é o pai de Glória! Eu nunca fui nem serei a sua prioridade. Então para quê? Para que viver assim? Eu conheci aquele estrupício, e ele quis ficar comigo, e estar inteiro comigo, e eu tentei...

— Então por que me procurou? Você me mandou uma mensagem em novembro, dizendo que me amava. Mas estava com ele!

— Porque eu amava, amo, sempre amei e jamais deixarei de amar. Eu tentei, mas não consegui.

— Mas veio se encontrar comigo e continuou trocando mensagens com ele.

— Ele não admite me perder, e eu estava tentando dizer que já perdeu.

— Você me enganou. Eu sabia que tinha alguém, te perguntei e você disse que não havia ninguém.

— Eu não tinha obrigação de te contar nada.

— Mas eu queria saber!

— Eu não iria querer saber de nada sobre você!

— Mas vai saber: eu transei algumas vezes com Glória, nesses meses que ficamos separados, e quatro vezes com uma puta de vinte anos.

CAPÍTULO 4

GLÓRIA

Glória fez o seu primeiro canal nos dentes poucos meses antes de completar quarenta anos de idade. Nessa época, ela estava tentando contornar um quadro depressivo fazendo um curso de cerâmica. Negava-se a procurar o psiquiatra, e depois de uma forte crise de dor foi ao dentista. O que lhe deu a falsa sensação de que estava se cuidando. Mesmo que o dentista, um antigo conhecido da família, tivesse ficado seriamente preocupado com o estado dela. Principalmente por ela não o ter procurado antes. Como é que Glória não sentiu nada, deixando a situação chegar naquele nível, um abscesso? Esse tipo de problema provoca uma dor que é apontada num gráfico como a terceira pior das dores físicas, depois de infarto do miocárdio e da cólica renal. Ela alegou que nunca havia imaginado que pudesse ter algo dessa ordem nos dentes, já que os dela eram fortes e bem tratados, por isso não tinha como sentir algo. "Coisas assim não deveriam acontecer somente com os que não limpam direito os dentes?" "Não", disse o categórico dentista. "Coisas assim acontecem com pessoas da sua idade." Essa informação deixou Glória angustiada. Isso não lhe pareceu justo. Glória é o tipo de pessoa que acredita que, se tudo é feito da forma correta, não há o que temer. Ou seja, ela escovava bem os dentes, passava fio dental, então jamais teria que fazer um canal! Quando as coisas saíam do eixo, ou seja, quando algo acontecia de errado, sem ser previsto por uma sequência de fatores — no caso, ter um abscesso mesmo tratando direito dos dentes —, Glória teimava em não acreditar ser possível. Por isso, mesmo que André tivesse dito: "É canal. Eu já passei por isso", ela não quis acreditar. Uma vez não acreditando, se negou a admitir que sentia dor. A negação da dor é algo perigoso. Já que, quando ela é registrada, naturalmente a pessoa recorre a algo que a encerre. Caso Glória tivesse feito isso algumas semanas antes, não teria chegado ao limite de ver o nervo daquele dente "se matar". Sim, esse foi o termo usado pelo dentista. "Diante da situação de agonia pela qual o nervo passou, ele preferiu se matar." É claro que ele não tinha a noção da gravidade dessa frase, não poderia saber que Glória tinha se tornado uma mulher doente. À sua frente estava a mesma Glória que conhecia havia pouco mais de dez anos, e afora o fato de ela ter envelhecido, e de usar um corte de cabelo caótico, tipo um "não corte", nada sugeria o seu estado emocional. Uma mulher bela. De uma beleza incomum, grave. Ele até achava que o tempo havia lhe conferido mais atributos, apesar da mazela do dente e da escolha errada do corte do cabelo. E quando Glória perguntou: "Por quê? Por que estou com isso, se cuido bem?" Ele respondeu: "Por causa da idade"; disse isso com um discreto gracejo: "Mesmo que em você a idade pareça um privilégio." Ela não riu; ele, nervoso, continuou: "O ser humano ainda tem a tecnologia para viver somente cinquenta anos, ou seja, os dentes, depois dos quarenta, começam a morrer."

Não é muito difícil imaginar o estado dela ao sair do consultório, após a pequena cirurgia pela qual passou, mas vale uma descrição: inchada e desolada. "Como se matou? Há partes em mim que estão, agora, se matando? Eu é que faço com que elas se matem? O que há dentro dos três estreitos dutos onde antes habitava o nervo do meu dente? Um vazio?" Depois de inúmeras perguntas, eis uma resposta. "Há um vazio em mim." Mas logo pensou que havia bactérias nesse vazio. "Não nesse exato momento. Agora estou completamente limpa. Daqui a pouco haverá bactérias. Agora, depois de uma hora e meia desde a retirada do dente e do nervo morto, e de tanta assepsia, há somente o vazio." E lembrou-se de uma música de Gilberto Gil. Glória tem um repertório imenso que serve de trilha para esses momentos solenes, como aquele do "suicídio do nervo". Mas ela não canta, ela recita. E de tal forma que, muitas vezes, a letra não lembra em nada a música, por mais popular que seja. Não era o caso; até para Glória foi difícil reconhecer de quem eram os versos que a tomaram enquanto dirigia de volta para casa, mas antes de terminar o solitário recital já sabia de quem eram, e em sua cabeça a poesia ficou:

— "É sempre bom lembrar que um copo vazio está cheio de ar. É sempre bom lembrar que o ar sombrio de um rosto está cheio de um ar vazio, vazio daquilo que no ar do copo ocupa um lugar..." — Glória fez uma pausa nada afetada, pois foi coberta de tristeza, tristeza e mais um sentimento estranho; um misto de constrangimento e resignação. — "É sempre bom lembrar que um copo vazio está cheio de ar."

* * *

Ao chegar em casa, não notou a presença de um estranho na sala: o vizinho. Viu André e os meninos, todos sentados em torno da mesa redonda de jantar. Não os cumprimentou, decidiu que, se passasse direto, não seria vista. E foi até o piano, delicada, com os seus pés pequenos, tentando flutuar para não deixar rastro, não produzir nenhum som. Imaginou-se invisível e dessa forma seguiu até o instrumento. Largou a bolsa no chão, abriu a tampa do belo piano negro, que tinha sido de sua mãe, e olhou as teclas por alguns minutos, com a intensidade reflexiva de um

Michelangelo diante do mármore em que esculpiu *Davi*. Estudando o que a "pedra" poderia oferecer à "escultura". Em sua cabeça, a música tocava, inteira, com todo o drama da interpretação de seu autor; ela deveria apenas olhar as teclas e conseguir ver o som, conduzir as notas para o caminho certo; elas já estavam lá, bastava enxergá-las, e a música sairia pelos dedos, deixando-a livre. Michelangelo ficou três anos olhando o gigantesco bloco de mármore e fez *Davi*. Glória olhou durante quinze minutos o piano e tocou "Copo vazio". A comparação parece insana, se não tola, ingênua, quiçá burra; no entanto, o resultado da versão que ela criou foi tão belo quanto vagamente é um dos dedos do pé de Davi. E isso não é pouco.

Quando terminou o breve recital, André levantou-se da mesa, deixando a visita, e, sem explicações, saiu de casa. Foi até a garagem, entrou no carro e chorou. Durante alguns minutos chorou copiosamente, sem saber o que fazer, ligou o carro, deu uma volta no quarteirão e voltou. Caso fumasse, diria que tinha saído para comprar cigarros, mas falou que foi até a banca de jornal ver se uma revista já havia chegado. Ninguém questionou. A esquisitice já fazia parte do dia a dia da casa. O vizinho foi embora, impressionado com o talento de Glória. Mais tarde, esse vizinho, Raul, seria chamado por ela de O Diabo que Come Romã; e infelizmente André teria que concordar que ele era maquiavélico, mas, até aquele dia, era apenas um vizinho interessado em fazer uma reforma na área comum do prédio. Mal sabia quanta desordem essa visita e outras tantas causariam à sua família. Foi Raul quem instigou Glória a se dedicar ao piano. Piano que ele escutava enquanto ela ficava horas dedilhando, compondo, desconstruindo as músicas que amava. E se tocou, e se foi capaz de despir-se inteira diante do instrumento, foi por alucinada dor. Uma dor que entupia cada veia, cada órgão, seus pulmões, dor de morte, dor de quem sabe que não tem mais chance de se recuperar. A mãe de Glória havia morrido da mesma doença que lhe alterava a visão: loucura. Ninguém gosta de falar sobre o assunto. A loucura é um milhão de vezes mais temida que o câncer. Loucura. Loucura da ponta dos dedos dos pés até o tampo da cabeça. Loucura que fez com que o vasto cabelo de Glória caísse, que ela enrolasse a língua ao falar, que a levou a um estado irreversível de demência, e ao piano. Ninguém quer assistir a um louco em ação, a não ser que ele esteja em transe criativo, e isso é cruel. A loucura fez com que Glória tocasse e com que a sua família a perdesse, fazendo tudo desmoronar ao redor.

O LIVRO

O MISTÉRIO DO SOFRIMENTO

"Ajudai-me a entender o mistério do sofrimento."
Oração de São Camilo

19/9/17

Escrevo, preciso entender. Não conseguirei entender evitando o que antecede essa experiência. E por eu ainda estar no olho do furacão dela, tento não ser uma máquina tradutora, mecânica e prática. Ou pior, para não sucumbir à hipótese de uma narrativa desoladora, amarga e chorosa. Também não me interessa um livro de "luto", mesmo que haja muitas passagens de superação. Essa possibilidade, inclusive, me congela os ossos. Vender autoajuda não está nos meus planos biográficos. Só é necessário escrever. "Escreva, pequena menina solitária. Você vai conseguir sobreviver", ecoa em mim uma voz de incentivo.

Falo da minha infância de novo, sem personagens, sem ninguém me perguntar numa entrevista, quando, num impulsivo comportamento de bravata, resolvo desabafar. Falo porque de novo me sinto abandonada. E não fui. Pelo contrário. Se há algo que posso anunciar com aleluias espalhafatosas é: Leonardo ficou. E ele ficou por amor a mim.

Entretanto, desde o dia 21 de dezembro é simples enumerar o redemoinho que me lança sempre aos meus seis anos de idade, época que costumo anunciar como o marco zero dessa jornada de busca do membro perdido. Quando meu pai foi embora. Contar novamente dá uma importância muito grande aos envolvidos, e isso me constrange, porque eles são normais. Apenas se separaram. Mas sou uma testemunha muito atenta, e a riqueza de detalhes jamais me foge aos olhos, aos ouvidos, ao paladar, ao toque. Então essa partida é marcante. Inúmeras outras aconteceram, e sempre se dá desta maneira: sinto-me infernalmente abandonada. Trocada, banalizada, vilipendiada. Desde o tal dia 21, quando chegamos a Miami, e ele demonstrou estar doente, venho reencontrando essa menina de seis anos que esteve em todas as peles que vesti. Ela é muito delicada, porque não tolera perder nada, nem um chiclete.

Viajei para Miami com duas malas. Voltei, dois meses depois, com duas malas que não desfiz. Foram desfeitas por gentis funcionárias, assim como o meu quarto foi trocado do sexto para o sétimo andar, por motivos que explicarei adiante. E todas as minhas roupas tiradas do meu estúdio, apartamento que tenho próximo à casa em que moramos, que eu ironicamente chamava de "Lage" — com "g" porque era um adendo da minha casa, mas sou "chique". Lá eu escrevia, me recolhia, mantinha meu acervo de roupas, fotos, livros, bordados, cacarecos de todas as ordens, tapetes e mais tapetes, paredes escritas e desenhadas por mim, que faziam parte de um projeto que chamo de "Continuidade: Um Labirinto". Enfim, tive que alugar esse apartamento, visto que inúmeros cortes foram necessários para reajustar as finanças. Nessas mudanças, não sei onde estão as minhas coisas, e curiosamente, para rir um pouco de minha cara e oferecer ao menos um esgar ao leitor, ganhei peso, então me visto basicamente com o que tenho em três gavetas.

24/9/17

Tenho escrito. De uma maneira ou de outra, pois é preciso. Uso recursos como WhatsApp, mensagens de texto, voz, gravação, até mesmo Instagram; creio que eu vá consultá-los quando enfim me der conta de que é preciso que eu volte a ter algum método. Mas é que sentar para escrever com toda a liturgia necessária me causa um certo desconforto. Eu deveria me dedicar ao romance, aquele que seria publicado ainda este ano. Mas como voltar àquela trama, àqueles personagens que me parecem agora estranhos após todas essas reviravoltas? Sei que terei que trabalhar. Reconheço que isto aqui não se parece em nada com quem eu sou como escritora. Temo, justo por isso, me sentar na cadeira, diante da mesa na qual encontro os objetos que são familiares ao meu ofício; usar a liturgia que domino há muito para escrever sobre o que vivi e ainda estou vivendo parece que coisifica o que eu deveria um dia esquecer. No entanto, agora devo sobreviver à pior das hipóteses, aquela que mais temo: a de enlouquecer.

Por isso escrevo, e o chamo de "O livro". Este livro pagará a terapia que não quero fazer. Muitos reais por consulta, duas vezes por semana, com Luzia. Luzia me salvou antes. Luzia teimou que me salvará mais uma vez. A consulta vale muito mais que esse valor. Terei que escrever, ela sempre diz isso. E ir nos horários que ela tem me oferecido. Tenho horror de ir, apesar de gostar muito dela. Apenas... Quantos e quantos livros preciso escrever para manter a minha mente sã? Já disse que prezo minha liberdade porque ela realmente chegou antes que eu tivesse maturidade. O preço foi alto até notar que não era sensato aceitar uma carona. Um ônibus é mais seguro do que uma carona. Carona quase nunca é de graça para uma menina. Por morar longe, aprendi a não temer a distância. Soube disfarçar a minha beleza, soube empunhar canivete, soube causar medo só de olhar e tornei-me, de tanto me defender, agressiva. Mas protegi a minha liberdade. Irrita-me não ter mais nenhuma liberdade. Irrita-me profundamente ficar à mercê de um episódio que exclui todos os meus hábitos. E me irrita ter que ir ao consultório de Luzia, pois ela crê que posso ter um colapso, e que tenho que escrever. Eu gostaria de estar em algum lugar, bem longe, trepando com alguém proibido!

Quando Leonardo Furtado me pediu em casamento, pela segunda vez, disse que se eu aceitasse me daria um carro. Aceitei. (Vou parar, estou confusa.)

25/9/17

Queria contar algo retumbantemente proibido. Contar um segredo de forma disfarçada, contar um desejo, uma fofoca, uma maldade, um rancor, um ódio, uma mágoa; estou sem a ficção e gostaria muito de contar algo sem disfarces, mas não posso. Na ficção já dá merda. Sempre dá. Agora sinto o meu corpo todo doendo. Preciso berrar. Dizer que fui deixada quando Leonardo ficou doente. Porque é indigesto, para os fracos, uma mulher sofrendo.

24/9/17

(Continuando.) Não por causa do carro. Mas porque estava claro que ele não tentaria mudar um fio do meu cabelo inexistente. Casei-me com a cabeça raspada. Queria o carro, confesso. Sempre desejei aprender a dirigir. Com o meu natural destemor, eu teria aprendido bem mais cedo, mas não se importaram em ensinar, então aos vinte e quatro anos me casei e ganhei o carro. Fiz somente cinco aulas, e em São Paulo eu me tornei a boa pilota que sou, apesar de não saber estacionar, pois não fiz baliza. Notória defensora da ética, mesmo que rebelde incorrigível, cometi um dos meus poucos delitos “jeitinho brasileiro”: comprei a carteira de motorista de um ex-jogador do Vasco que atuava no mercado paralelo do Detran no Rio de Janeiro.

Aos trinta e nove anos, posei nua para uma revista masculina, e com o dinheiro que ganhei comprei um sítio. Menos de uma semana depois de a revista chegar às bancas de jornais, a minha filha Ligia operou a cabeça. Não sabíamos se ela andaria. Aos quarenta anos, comprei uma caminhonete de sapatão e aprendi a dirigir na autoestrada. Quando eu tinha quarenta e um, Ligia operou pela segunda vez, e ninguém dizia se ela andaria. Aos quarenta e dois, comprei uma Mercedes dourada, conversível, igual à dos protagonistas da série *Casal 20*; eu, mal falando inglês, dominei as vias da Flórida.

Acabei de saber que perdi esse carro dourado com o furacão Irma.

Ano passado, meu carro de sapatão foi destruído por um motorista que tive, ele dirigia de forma grosseira e capotou.

Nos meus quarenta e seis anos, o pai dos meus filhos, o homem que me pediu em casamento quando eu tinha dezesseis, teve um problema de saúde.

Hoje eu noto que os meus pés, que pararam de crescer quando eu tinha seis anos, e todos os conflitos que me trouxeram até aqui, me fazem cair demais. Mas que há uma repetição em ter que continuar o movimento, girando a roda da locomoção que não é apenas minha.

Eu estou deitada. O cansaço corrói a alma, porém "os pés dos meus" estão em minha teimosia, por isso, mesmo com o corpo moído, eu sigo e sigo.

27/9/17

(Assim que publiquei o meu primeiro romance, me disseram que as dez primeiras páginas de um livro eram fundamentais. Eu, muito ingênua, e que fui uma leitora sem dinheiro, pensei: bom, claro, porque a pessoa vai até a livraria, lê e, se gostar, compra. Claro que não! São fundamentais porque, se não forem boas, provavelmente o resto será uma merda. O autor não deverá continuar. Quantos livros não foram interrompidos porque os autores não se interessaram? Interrompi inúmeros.)

Está chato para caralho escrever em primeira pessoa, e no feminino. Um bando de chatas, malvestidas, com corte errado de cabelo, forçando toda e qualquer experiência de coitada para serem incríveis. Estou concentrada em tirar a dor das juntas, do entorno do cu, do couro cabeludo, contando sobre o ofício da escrita e na tentativa de salvar-me da cova. Tenho pavor da primeira pessoa.

6/9/17

Ezra e Ligia vieram falar comigo, como de costume, antes de irem para a escola. Adoro esse hábito recente. Antes, quando eu dormia no quarto do sexto andar, eu os via à mesa, pois levantava-me para o café e ia para a faculdade. Uma das poucas vantagens de ter trancado o curso é que fico na cama até mais tarde, então instituímos este costume: ambos me dão beijinhos antes de saírem, por volta das sete horas, deixando um rastro de perfume e a consciência de que não posso desistir. Também é agradável saber que posso voltar a dormir mais um pouco. Hoje, nesse mais um pouco de sono que tive, sonhei algo estranho. Eu estava em uma viagem de trabalho, com um ex-namorado, tínhamos que fazer uma campanha de moda. O fato de estar com ele não era confortável porque não foi uma relação bem-sucedida. No sonho, era ele que estava no comando do trabalho, e logo se aborreceu porque eu não tinha grafite nas minhas lapiseiras de desenho, ficando emburrado. Sonho é algo mesmo espetacular. Nada parece ter a ver com nada, mas se tentarmos seguir os pontilhados desconexos desse desenho, a princípio inexato, podemos mapear grandes descobertas. Verdadeiros tesouros do inconsciente. Nesse lugar, que não era no Brasil, embora falássemos português, havia desovas de bonecas. Muitas e muitas bonecas. Como em catacumbas de antigas igrejas cheias de crânios, passávamos bem próximo delas, e dava para ver as que estavam mais ou menos danificadas. Eu deveria deixar ali uma que tive na minha infância e que há muito perdi de vista. Ganhei um concurso na escola com ela. Usava um vestido amarelo, de dama antiga, e um chapéu. Ganhei o concurso temendo que descobrissem que na verdade ela não tinha uma das pernas... Mas voltando ao sonho, como em todo sonho, eis que de súbito eu já estava em outra locação e com outros personagens, mesmo que ainda com a tensão de ter falhado com as lapiseiras e aguardando ser chamada para gravar. Nessa nova cena, havia umas senhoras tensas, elas não estavam nada satisfeitas com a minha presença e a de Babi, uma conhecida. De repente, um gato passa por mim, noto que o gato está vestido de gato. Isso me dá a imediata sensação de que não devo mexer nele, e saio de perto. Mas Babi o pega no colo e, achando curioso, abre o fecho da fantasia de felino e revela um bicho putrefato. Eu me assusto e acordo. Ainda eram oito, o despertador estava programado para as nove, eu tinha mais uma hora de sono. Hoje em dia aproveito todo e qualquer minuto para descansar, o cansaço acumulado é atordoante, mas me concentrei em pensar sobre o sonho para não esquecer. Refleti sobre o sentimento frustrante de estar ao lado do tal ex, acredito que o nosso namoro não tenha dado certo porque falhei. Creio que as lapiseiras sem grafite sejam algo que remeta ao fato de eu estar desenhando pouco desde que parei a faculdade, e isso é muito delicado para mim. Meu pai é desenhista, sempre fui muito imagética em minha literatura, e começar a fazer artes plásticas foi algo que me deu autoestima em relação aos meus desenhos, a ponto de começar a pintar e até fazer algumas esculturas. Os semestres em que estive na faculdade foram de absoluta disciplina, realmente imaginei que levaria adiante a vida acadêmica. Não julgo mais ser provável realizar essa intenção. As bonecas suscitam a mutilação, eu passo por elas como passei pelas caveiras nas igrejas numa viagem que fiz a Lima há alguns anos; são fragmentos de coisas do passado, pessoas que já foram, desejos não realizados.

Curiosamente, no sonho, eu não sinto agonia. O ex, as lapiseiras, as velhas, julgando-me por eu ser isso ou aquilo, me causaram mais mal-estar. Menos do que o gato asqueroso. Essa passagem toda foi-me desagradável, visto que eu logo notei a vestimenta autoalegórica do bichano, já ficando assustada com aquilo. A putrefação revelada, quando Babi abriu a fantasia, não só me aterrorizou como me deixou puta, por não entender o seu propósito. Mas de alguma forma, mesmo não me recordando da presença da minha mãe no sonho, fiquei com a sensação de que ela estava lá me protegendo.

Voltei a dormir. Quando o celular me despertou, indaguei seriamente se não devia desmarcar o meu compromisso: ir ao médico. Tenho tentado cuidar de mim, mas ficou claro que, até agora, o meu único empenho individual foi o de ficar loira. Decisão que precisa de algumas páginas para ser mais bem entendida. Faço um esforço danado para me arrastar até a academia três vezes por semana; correr é algo que, atualmente, depois de meia hora me dá a impressão de uma maratona. Leio bem menos, escrevo para respirar, vejo séries de forma obsessiva, como só porcaria que me dá prazer imediato e bebo cerveja. No mais, cuido. Cuido dos meus filhos, do Leonardo, das finanças, dos bichos, das casas, dos carros. Assim como o cabelo loiro, esses cuidados merecem páginas e páginas de minuciosas descrições. Muitas dessas funções me acolhem, me animam, outras me fazem pensar em Sylvia Plath e em como ela foi fraquinha metendo a cabeça no forno e se matando após dar o café da manhã para os filhos.

Não desmarquei, coloquei um andrajo de ginástica, porque na sequência iria “me arrastar até a academia”, peguei um táxi e fui até a clínica do meu médico esportivo. Estive lá na véspera da viagem, no dia dezenove de dezembro, porque fiquei duas semanas gravando e tive traqueíte. O ano de 2016 foi extremamente profícuo para mim. Lancei dois livros, escrevi dois programas, atuei em um, fiz algumas campanhas, e mais a faculdade. Como em 2015 eu cometi o erro de colocar um anticoncepcional subcutâneo, que me deixou oito quilos mais gorda, em 2016 me concentrei no esporte e na minha alimentação. Eliminando um vício antigo: a Coca-Cola Zero — chegava a tomar umas quinze latinhas por dia, uma vez que nunca tomei café. Ou seja, ano passado estava encerrando um período muito afortunado. Completei vinte anos de carreira literária, lancei os meus livros em algumas cidades, bem menos do que gostaria, mas as aulas me impediram de excursionar. Então, diferentemente de muitos que proclamavam 2016 como um ano horrível, eu estava bastante animada. Dr. Marcelo, que há exatamente uma década começou a cuidar de mim, justo no ano em que decidi parar com inúmeros antidepressivos e outros remédios do gênero, ficou bastante animado ao ver que eu havia voltado aos meus cinquenta e três quilos. Mesmo estafada por um ano de muito trabalho — sugeri a Leonardo adiarmos nossa ida para Miami do dia 21 para o dia 10 de janeiro, ele não quis — e com a garganta comprometida pelas gravações, fui parabenizada pelos novos hábitos alimentares e pelo vigor físico. Foram prescritos exames de sangue para o dia seguinte; ali no consultório, mandei uma mensagem para Leonardo perguntando se ele gostaria de fazer também, pois seria coleta domiciliar. Ele disse que não, que só uma pessoa muito maluca faz exames no dia de viajar de férias.

Eu não cheguei a ver os resultados desses exames. E hoje, quase dez meses depois, eu retorno à clínica do Dr.

Marcelo. Estou onze quilos e meio mais gorda do que da última vez que estive lá. Uma vez que tudo que escrevo neste livro é real, penso nos números como uma espécie esquizofrênica de desenho. Nunca entendi os números na sua eficiência matemática, na sua beleza prática, e sim pelos desenhos ou por tudo aquilo que escondem. Cada dia, todas as datas têm um segredo, uma comemoração esquecida. Subtrações, somas, numerologia, enigmas que tentamos abafar com a nossa prepotência e a negação do destino. "Porque o destino é algo em que só os esotéricos creem", e não os intelectuais; jamais o homem atual, de cultura mediana, poderá sucumbir ao ridículo, imaginando que será ceifado pelo destino se controla o colesterol. Nunca! Seremos tão duradouros quanto as nossas carapaças rejuvenescidas pelo ácido hialurônico.

Hoje eu saí da clínica com a minha roupa de ginástica estourando em meu corpo roliço, decidida a jogar todos esses "se" na cara de Leonardo. "Se" é uma conjectura que somente alimenta mágoas. Abaixo dessa tenra camada de gordura que é o meu corpo atual, há sentimentos de todas as ordens. Dos mais obscuros aos mais louváveis. Este livro me contraria de várias formas, porque amo a terceira pessoa e... Acabo de entender o mistério do gato do sonho: o gato fantasiado de gato somos eu e a ficção... Eu jamais juraria sem ter um personagem como desculpa para tamanha afetação. Juras são patéticas. E eu juro que passaria por tudo que passei porque tenho assistido ao mais belo espetáculo da minha vida: a dignidade de um homem que não me deixará sozinha na longa jornada que é, por ter sonhado tanto, ter quatro filhos. E ele vai andar, ou eu não me chamo Amanda Ayd. Está aí uma porra que eu defendo: ser essa.

* * *

Dai-me um degrau para que eu me ajoelhe
diante de uma imagem dita santa,
hoje peço um pedaço de couro para morder
e uma brasa para apertar entre as palmas das mãos.
Quero pregos, quero lâminas, quero aranhas
sobre mim.
Hoje é um dia sagrado, desolador, cinza e
solitário.
Dai-me a veste perfeita, minha nudez
não mais comove.
O álcool, a mordaça, a cegueira.
Por favor, mais do que tudo, eu dou,
dou meu amor, minha fé, os orifícios;
todo o ouro, toda a fama,
por uma calçada em que eu possa deitar
desconhecida e quieta.

Aguardo o dia do mais profundo desinteresse
e apatia.
A liberdade do "eu não me importo".

9/10/2017

Outro sonho estranho. Não que os sonhos costumem ser normais. E não sou do tipo que tem muita paciência de ficar escutando gente contando o que sonhou, a não ser pessoas com boa narrativa. Escrevo esse para não esquecer. Luzia, como todo terapeuta, me incentiva a pensar sobre eles. Neste momento, qualquer recurso é necessário para vencer o TEPT — transtorno de estresse pós-traumático. Ainda quando Leonardo estava no hospital, recebi um livro de uma psicóloga de lá sobre essa doença. Desde o início tenho tentado não sucumbir a ela, visto que, com o meu longo histórico de patologias, não sou uma diletante. Tenho falado abertamente sobre a depressão, doença que tenho desde pequena. Fui diagnosticada por volta dos vinte e quatro anos, e o fato de saber o que tinha deu-me chances de vencer. O psicanalista inglês Winnicott escreveu que uma pessoa saudável não é aquela que não tem uma patologia, mas a que sobrevive a ela. Nesse sentido, creio ser bastante saudável. Nunca admiti *ser* a depressão, eu *tenho* depressão. Não vivo em crise. É como ter asma: sou asmática, mas fico anos sem ter um ataque severo; por isso tenho o cuidado de estar sempre atenta em não permitir que isso aconteça. Há ainda muito mistério e preconceito sobre as doenças psíquicas. Somos vistas como pessoas com espírito de porco, que se apropriam de uma desculpa vaga. Afinal, pensam os céticos, todo mundo tem motivos para ficar mal. A questão é que o cérebro é um órgão que, assim como o estômago, pode ter as suas debilidades. Ele é muito sofisticado, reage a estímulos de todas as ordens, e essas reações deflagram inúmeras químicas ou a ausência delas. Não pretendo fazer um tratado sobre o assunto, mesmo porque não tenho ciência para isso. Mas o fato é que algumas pessoas têm deficiências químicas. Já fui fortemente medicada por causa da depressão. Essa é mesmo uma doença filha da puta, porque ela nunca anda sozinha e deforma o olhar do enfermo. Atualmente, tomo um antidepressivo, o Lexapro, e em uma dose baixa. Os remédios não produzem serotonina, mas criam uma reserva. Tenho pouca produção desse neurotransmissor. Ele é responsável por inúmeras características que parecem ser da personalidade, mas muitas vezes são sintomas da ausência dele. Ao saber da minha condição, pude me cuidar, tratar coisas que pareciam ser naturais ao meu "mau gênio", mas que em estado alterado são muito prejudiciais. Sou, não nego, uma pessoa complexa. Posso ser bem difícil, complicada e extremada, mas tenho a humildade de reconhecer quando o que é da minha natureza se altera para uma condição doente. Neste momento, tenho sido muito teimosa em defender que não estou deprimida. Algumas pessoas próximas sugeriram que eu aumentasse a dose do remédio. A cardiologista que avaliou a minha pressão, após fazer inúmeros exames, reconheceu que estou hipertensa por causa do estresse e prescreveu dez miligramas de Lexapro, afirmando que diminuiria a ansiedade e, por isso, eu voltaria a dormir melhor. Eu não aceitei. Não tenho nenhum problema com remédios. Acho que, quando bem ministrados, são fundamentais para esses tipos de transtornos. Mas não estou com depressão, e a ansiedade é uma característica que conduzo de forma saudável. Sou ativa, disciplinada, sonhadora; anseio realizar muitas coisas e tento fortemente alcançar o que quero. Ser calma não é exatamente algo que eu deseje. O que tenho feito através do esporte, da terapia cognitiva, do amor e da busca de um caminho espiritual é dominar os demônios que habitam em mim. Eles habitam em todos. Quando bem adestrados, podem até ajudar. Consigo ser infernalmente criativa, animada, engraçada, ativa sendo ansiosa. Não quero uma calma química. Quero entender, estudar os meus ânimos e motivações, criar com eles e oferecer as minhas conclusões. Tenho certeza de que se eu ajudar uma pessoa a ser mais disciplinada, a sonhar e insistir com afinco na máxima de que a coragem chama a sorte, eu terei não apenas salvado a mim, mas também essa pessoa. Tudo terá sentido. Porque dói, e se não houver sentido, a vida é uma bosta federal.

O TEPT deu sinais e consegui detectá-los. Descrito por Drauzio Varella como: "um distúrbio de ansiedade caracterizado por um conjunto de sinais e sintomas físicos, psíquicos e emocionais em decorrência de o portador ter sido vítima ou testemunha de atos violentos ou de situações traumáticas que, em geral, representaram ameaça à sua vida ou à vida de terceiros. Quando se recorda do fato, ele revive o episódio, como se estivesse ocorrendo naquele momento e com a mesma sensação de dor e sofrimento que o agente estressor provocou. Essa recordação, conhecida como revivescência, desencadeia alterações neurofisiológicas e mentais". Diz Drauzio que a maioria das pessoas só procura ajuda dois anos depois da primeira crise. Há uma pesquisa que sugere que a causa do "transtorno pode ser o desequilibro dos níveis de cortisol ou na redução de oito a dez por cento do córtex frontal e do hipocampo, áreas localizadas no cérebro". Ou seja, as experiências, os sentimentos, os traumas tornam-se um fato concreto e físico. É impossível passar pela vida incólume aos sofrimentos. Eles surgirão. Vamos adoecer, ver doentes pessoas que amamos. Seremos machucados, deixados, testados em nossa resistência como sobreviventes. Mas é importante saber que esses traumas podem causar questões físicas, e isso não é conversa mole. Tenho visto pessoas queridas que sumiram pois creem que um sofrimento seja uma doença pestilenta, um mau agouro; elas não querem ver a dor do outro, pois isso faz com que se lembrem de que também estão no jogo e ninguém colocou o seu pino no tabuleiro para somente ganhar. Elas têm o teto baixo para lidar com o inescrutável enigma que é a morte. Morremos e renascemos em vida. O mito da ressurreição é muito menos arquetípico do que a religião nos faz crer. A vida, caro amigo, será foda. E linda. É necessário coragem para não sucumbir aos complexos testes a que nossa resistência é exposta. Saber sobre o que sentimos se faz necessário. Vasculhar as feridas, os obscuros cantos da nossa mente, observar o outro com compaixão, não fugir da dor, da nossa própria e da do mais distante povo que passa por privação, é sobreviver aos testes. Até alcançarmos a definitiva morte, é o que nos cabe fazer: aprender a morrer. Por isso conto esta história aqui, para recuperar a minha saúde, aprender e ajudar. Tristes dos muitos que agora sofrem e não sabem que nesse mistério há soluções. Não encaro o que estou vivendo como algo fácil. Na maior parte do tempo, tenho estado prostrada, comilona, querendo beber o dia inteiro, sem ânimo algum para as coisas mais prosaicas. Deixei de gostar do que sempre gostei. Não reconheço aquela que fui, que corria animada. Correr é um esforço absurdo. Quero uma lata de leite condensado e uma cerveja. Quero dormir dopada por um remédio que me tire os sonhos. Mas tenho que sonhar, devo esmiuçar o caminho tortuoso que me levará de volta às pistas de corrida. Por isso estou sentada aqui, neste momento, contando para você como foi o meu sonho.

Mais um sonho: estávamos num hotel. Eu e Leonardo, como que num hospital. Mas tínhamos que dividir a cama dele com uma mulher que ficava cantando. Ela era uma cantora famosa, e nós não a reconhecemos. Roberta apareceu, sentou-se na poltrona, como ocorreu inúmeras vezes, e começou a falar mal de gente que fica fazendo exercício de voz. Rimos. Leonardo ficou aborrecido por debocharmos dela. Roberta mexia na etiqueta de sua roupa, e ela se desfez.

Era 1994. Eu quis ir ao McDonald's porque queria um lanche que havia deixado de ser produzido. Sabia que isso era uma bobagem, que eu deveria fazer algo útil, tendo voltado no tempo. Mas mesmo assim comi o sanduíche, que não era tão bom. Decidi avisar a Leonardo que ele passaria por tudo isso. Leonardo tem a linha da vida interrompida, já sabíamos que algo aconteceria. Eu vinha há muito com uma certa tensão pairando nos meus dias. Mas isso não poderia ser feito, porque desorganizaria tudo. Então me ocupei em imaginar como tapearia o Tempo. Optei por colocar um bilhete na mala de viagem. Tive que ser rápida. Escrevi que era para ele procurar o médico, que o que ele tinha não era dengue. Coloquei na parte da frente da mala de mão, lugar em que Leonardo costuma colocar a "vida", assim ele chama a bolsa com os nossos passaportes, seguro de viagem e passagens. Acordei.

23/10/17

Desde ontem não me sinto exatamente bem. É certo que venho paulatinamente melhorando, saí do estágio "um pote até aqui de mágoa", quando eu me arrastava pesada, para lá e para cá, reclamando com qualquer um, afirmando que a minha vida tinha acabado. Já não tenho a pulsão suicida de comer McDonald's e diminuí razoavelmente a quantidade de álcool ingerida. Mas fui assolada por "um domingo na alma". Escrever não aliviou. Na verdade, causou-me mais angústia. Não tenho o diletantismo de pensar que isto aqui trata-se apenas de um diário. Escrever este livro teve uma função terapêutica, mas não me abstenho da consciência de um possível valor literário. Sempre escrevi diários, mas não sou uma leitora desse tipo de texto. Nunca pensei em publicá-los. Na verdade, nem mesmo os diários dos meus autores prediletos, aqueles de que li toda a obra, as biografias, e de que me sinto íntima, me interessam. Será esse o meu conflito?

Decidi contar esta história, e ela não se encerra neste acontecimento específico. Tenho sentido um aperto na garganta constante, a época em que vivemos é tenebrosa, e não só eu, mas qualquer pessoa que exercita o raciocínio pleno compreende que habitamos em um mundo perigoso. Acredito que um dia essa temporada será definida como a Era do Breu, ou algo do gênero. Sinto um enorme alívio por não estar no ar com nenhum programa, porque não são dias seguros para pessoas como eu. Ninguém fala mais a verdade, a maioria quase absoluta dos que proclamam opiniões o faz "dourando a pílula", assim como seus sorrisos revelam dentes "encapados por balas Mentex". Você se recorda dessas balas? Vinham numa caixinha bem graciosa, amarela.

Ir ao cinema sem Mentex, jujuba ou Delicado era uma descaracterização do que significava assistir a um filme. O que isso tem a ver? Tudo tem a ver. A paçoca Amor mudou de embalagem e de qualidade. A descontinuidade dessas certezas prosaicas, como a paçoca, fragiliza almas como a minha. Não sou saudosista, não creio que "no meu tempo as coisas eram melhores", pois meu tempo é sempre e para sempre. Mas esse aperto na garganta está em meus dedos, visto que mais uma vez receio a incompreensão, ou pior, a malícia do proposital desprezo. Essa história que conto não é minha apenas, quero muito conseguir escrever com a beleza e a honestidade que todos os envolvidos merecem.

25/10/17

O tal mal-estar que sinto tem motivos. O psicanalista e autor inglês Bion escreveu em um dos seus livros algo que, quando li, me ajudou bastante. Não me recordo exatamente em qual obra, e cito livremente, mas ele dizia que o homem saudável é aquele que sabe que o que está sentindo foi causado por algo, e que vai passar. Ter compreendido a causalidade e aceitar o poder curativo do tempo faz com que eu domine os meus ânimos quando a depressão quer me assolar. Tive uma notícia recentemente que não consegui digerir, e eu estava cedendo à estupidez, tomando decisões equivocadas. Uma coisa que exercito é a leitura dos sinais, a indagação. Posso ser muito impulsiva, mas confio que essa teimosia em observar os acontecimentos com minúcia me leva a ações que se demonstram sábias, mesmo que num primeiro momento assustem.

13/11/2017

Fui para Paris. Não imaginava que faria uma viagem desse porte nem tão cedo. Foram algumas circunstâncias favoráveis que anteciparam a minha previsão. Uma passagem por milhas e um apartamento para ficar.

Cheguei dia nove. Não foi um voo fácil. Tive medo. Um receio abstrato de morte. Assim que passei pela alfândega, cometi a estupidez de aceitar pegar um motorista não autorizado. Qualquer um, mesmo um idiota, sabe que isso não é algo recomendado. Pensei bastante por que fiz isso e não cheguei a nenhuma conclusão. Cada estágio da minha vinda para cá parecia algo enorme a ser vencido. Imaginava que, chegando ao próximo passo, essa sensação de imensa dificuldade passaria. Então se eu pudesse chegar logo ao meu destino, ao apartamento que um amigo meu disponibilizou para a minha estada, seria um alívio e tanto. No entanto, entrei no carro com um homem que poderia sumir comigo sem deixar rastros. Ao menos foi o que pensei assim que a van deu a partida. Mentira. Me dei conta do erro antes de embarcar, quando ele me disse para esperar até ele buscar o carro num andar do estacionamento vazio. Na minha cabeça, desde o elevador que nos levou ao local, eu escutava a voz de Leonardo dizendo: "Titi, só pegue táxi autorizado. Mostre o endereço e pronto." E agora pronto, eu estava fodida! Antes de ele me deixar aguardando, passamos por um senhor, e ambos se beijaram no rosto. Achei isso uma coisa gentil, foquei no gesto e segui até aonde ele me deixou esperando o veículo. Não tive presença de espírito, nem razão, nem bom senso, e como demorou um pouco para a volta dele, fiquei pensando que deveria ir embora dali. Mas senti muita vergonha por desconfiar assim de um desconhecido que minutos antes tinha trocado beijos no rosto com um senhor, falando uma língua que não identifiquei. Viajar para outro país é uma operação de guerra que há muito cogito evitar. Porém viver no Brasil é estar numa guerra, e já que é provável morrermos em uma circunstância chocante, não parece inglório que seja em Paris. Não devo reclamar, vim de classe executiva; na alfândega, eu tinha um voucher que me concedeu a vexaminosa prioridade de passar na frente de uma fila razoável. Logo que o meu passaporte foi carimbado, presenciei uma cena dramática: um rapaz com a cara deformada por preenchimentos, magro e vestindo uma bermuda cáqui que estava suja de merda, berrava. Talvez ele tivesse passado pelo mesmo funcionário que me liberou a entrada. Não vi porque havia uma senhora indignada com a minha facilidade, eu também estava constrangida, mas uma francesa que chegou no meu voo me cobrou num português ruim que eu passasse logo; ela estava atrás de mim, e também uma cadeirante, que reclamou por direitos. Eu só queria sair dali, para a próxima etapa que me levasse a uma sensação qualquer — nunca sei qual será a próxima, já que tenho estado envolta nessa bruma enjoativa de recém-nascida. E, enfim, de passaporte carimbado, assisti à cena da bicha. Triste. Ele falava coisas incompreensíveis. Nos breves minutos a que assisti, consegui notar que iam deportá-lo para algum lugar e que ele já estava havia muito, talvez durante todo o voo que o trouxe ao nosso mesmo destino, doido e cagado de medo.

Peguei a esteira rolante e desci rumo à minha mala. Essa rampa pareceu mais íngreme e longa do que qualquer outra, e mais uma vez receei ter pânico. Cheguei ao local de desembarque das malas, apanhei a minha com firmeza e alegria por ser somente uma, e saí dessa parte do mundo tenso que é um aeroporto. Saí, mas dentro de uma van, com um desconhecido, sentada no banco da frente.

Talvez eu esteja sem nenhum sensor bem ajustado, seja de perigo, de feiura, de tristeza ou de alegria. Entrar no carro de um desconhecido, no subsolo do aeroporto francês, não é nada razoável.

16/11/17

O motorista que me levou até o apartamento em que me hospedei por uma semana não me sequestrou, não me estuprou, não me roubou. Toda a impetuosidade que me fez entrar naquele carro, no banco da frente, e que alterou parte dos meus sinais vitais, me ajudou a desembestar a falar em francês. Perguntei da onde ele era; ele respondeu: Argélia. Sem excesso de impressões, afirmo que foi a viagem mais perigosa que já fiz, e em apenas um sentido: ele corria terrivelmente. Tanto na autoestrada quanto dentro da cidade. A adrenalina soltou a minha língua, fui tagarelando sem parar um minuto. Indaguei se a vida na França era complicada, se ele tinha filhos, disse que tinha ido a Paris para pagar promessa. Ele devolveu com duas respostas: sim, é difícil. E que tinha três filhos, dois gêmeos de dezoito, e eles já trabalhavam. Nisso, aproveitei para dizer que sou mãe de quatro, que todos ainda estudam e que as minhas gêmeas têm dezessete. Mesmo dirigindo, ele me mostrou fotos dos filhos, e eu fiz o mesmo. Disse que o Brasil estava uma porcaria, dissertei com um francês prolixo, que devo ter tirado do cu, que aos quarenta e sete anos provavelmente não verei o meu país se tornar uma nação livre da corrupção. Nisso, ele se sentiu mais íntimo e indagou sobre a minha promessa. Falei que Leonardo, meu marido, tinha sobrevivido a muitas cirurgias e inúmeros problemas de saúde. Entramos na cidade, comecei a reconhecer os bairros e a ver soluções para escapar: abrir a janela e gritar? Me jogar do carro num sinal fechado? E as malas? Até que o Marrais ficou evidente: "Ih, já estive naquele bar! Poxa, que pena que Mega não está aqui...", tentei relaxar. Se Mega estivesse em Paris, eu teria ido para o apartamento dele, ele desceria, carregaria a minha mala, me abraçaria. E agora, pensar nesse amigo me dá uma vontade enorme de chorar. Chorar, porque foi ele quem me incentivou a estudar francês. Porque desde que o conheci, em 2002, tornei-me essa que sabe viajar sozinha, afinal, ele viu algo em mim e gostou de mim, e disse: “Venha para a minha casa”; e eu fui, mesmo sem saber nada sobre ele. Até então, nunca viajava sem Leonardo. Sei lá por quê, mas... Meu amado Mega, me emociono porque sou grata... Não se preocupe com essa vontade que faz meus olhos ficarem quentes.

O carro chegou ao meu destino. O motorista, que não era mais perigoso do que qualquer um que dirija no Rio de Janeiro, ajudou-me com as malas. Senti vergonha por ter sido tão desconfiada. Subi as escadas até o primeiro andar com os meus pertences, fiz xixi e saí para tomar uma cerveja.

Agora, se não chorei há pouco, é porque há um cara idiota falando alto no celular sobre milhões de reais, com a empáfia de quem lida com tanto como se nada fosse, afinal, com certeza é tudo roubado.

20/11/17

Eu estava no aeroporto de Paris quando escrevi o texto anterior. Teve uma pessoa que instigou o meu pior: querer dar na cara. Ele falava alto, com fones nos ouvidos, como se nada mais houvesse. Estava aos berros, falando de dinheiro. A compra de um shopping, o que ele faria se o dinheiro fosse dele etc. Ou seja: um advogado. O tom de voz, mesmo que alto, era de uma parcimônia que somente quem advoga mantém. O cabelo grisalho, o terno bem cortado e uma aliança grossa, para anunciar que é casado; não me enganou. Claramente um enrustido.

Desconheço algo mais danoso do que um enrustido. Esses que se fecham no armário e lá maquinam perversões. Quando vê pecado na sexualidade, e é certo que não conseguimos contornar os nossos desejos prosaicos, uma vez que sexo é algo natural, a pessoa se sente imunda; assim como uma criança que crê que pensar seja agir, essa entidade se sente culpada porque não se adéqua ao que a moral diz ser o certo.

ESCRITORAS NÃO MORREM

por

Maria Ribeiro

Teve uma época em que eu era chamada de vadia lésbica.

Agora tenho sido chamada de puta velha.

Será o meu cabelo?

Há muita coisa boa e muita arte e muita poesia e muito humor e atuação e livros pela frente.

Mas estou absolutamente exausta. Te escrevi uma coisa agora no Instagram e cometi uns dez erros ortográficos.

Você é muito corajosa e maluca. E eu, doida de pedra. Tava de pijama há dias, mas ontem fui ao cinema e me meti numa confusão, chamei polícia, uma loucura...

Tenho que te contar um monte de coisa.

Vou ao Rio dia 23.

Podemos almoçar dia 24?

Fernanda me mandou essa mensagem em outubro de 2018. Um mês inesquecível para o Brasil. Não lembro se almoçamos no dia 24 ou se nos encontramos em outro momento. Qualquer segundo ao lado dela fazia uma enorme diferença na minha vida.

Ela falava de chapéus, de depressão, das crianças, do Alexandre, de poesia, de fé, e tudo isso carregava uma intensidade e um humor que só combinavam porque saíam da sua boca. Com aquela entonação insubstituível, cheia de vida e de dramaturgia.

Fernanda não acreditava na hierarquia das coisas, e tudo nela se misturava — assuntos seríssimos e bobagens brilhantes. Como se a literatura morasse em tudo o que ela fazia: numa ida ao salão, num áudio de WhatsApp, num sapato, numa pergunta, numa dor, numa cerveja, numa peça de teatro.

Tudo o que a Fernanda produziu ainda vai durar muitos e muitos anos. Escritoras não morrem. Meu amor por ela também não.

SOBRE FERNANDA YOUNG

Nascida em Niterói, no Rio de Janeiro, em 1970, e mãe de quatro filhos, Fernanda Young foi uma escritora, roteirista, apresentadora e atriz brasileira que morreu precocemente, em 2019, aos 49 anos. Sua obra reúne catorze livros e quinze séries para televisão.

Versátil, provocativa, inteligente, ágil e sem papas na língua, seu trabalho tornou-se conhecido em todo o país com *Os normais*, série de sua autoria em parceria com o marido Alexandre Machado, exibida entre 2001 e 2003, na Rede Globo, e protagonizada por Fernanda Torres e Luiz Fernando Guimarães. O sucesso foi tamanho que culminou em dois longas-metragens lançados, respectivamente, em 2003 e 2009.

Fernanda Young foi indicada duas vezes ao Emmy Internacional de Melhor Série de Comédia, pelos seriados *Separação?!* (Rede Globo, 2010) e *Como aproveitar o fim do mundo* (Rede Globo, 2012). Além disso, integrou o time feminino do *Saia Justa* em sua primeira formação, entre 2002 e 2003, no GNT, canal onde também apresentou os programas *Irritando Fernanda Young* (2011) e *Confissões do Apocalipse* (2012).

Na literatura, estreou com o romance *Vergonha dos pés* (Objetiva, 1996). Em 2016, comemorou os vinte anos de carreira com os lançamentos de dois inéditos: o de poesia, *A mão esquerda de Vênus*, e o de contos, *Estragos* (ambos pela Globo).

Seu último livro publicado em vida, o único de não ficção, *Pós-F: para além do masculino e do feminino* (Leya, 2018) foi premiado com o Jabuti na categoria Crônica. Sobre ele, a autora escreveu: “Não sou especialista em nada. Melhor, não sou especialista de coisa pronta. Procuro me aprimorar em mim, entendendo sobre mim — usando, é claro, tudo o que observo nos outros.”

Fernanda Young deixou ainda um livro inédito, com o título *Posso pedir perdão, só não posso deixar de pecar* (Leya, 2019).

Este livro foi composto na tipografia Austin News, em corpo 9,5/14,
e impresso em papel off-white na Gráfica Santa Marta.